Junie B. Jones

Poisson du jour

As-tu lu les autres livres de la collection Junie B. Jones de Barbara Park?

Junie B. en 1re année

Junie B. Jones
Poisson du jour

Barbara Park
Illustrations de Denise Brunkus

Texte français d'Isabelle Allard

Éditions
SCHOLASTIC

Mes sincères remerciements à ma réviseure,
Michelle Knudsen, pour sa perspicacité, sa patience,
et par-dessus tout, son mirobolant sens de l'humour!
Junie B. et moi ne pourrions être en meilleures mains.

Catalogage avant publication de Bibliothèque et Archives Canada

Park, Barbara
Poisson du jour / Barbara Park;
illustrations de Denise Brunkus;
texte français d'Isabelle Allard.

(Junie B. Jones)
Traduction de : Junie B. Jones Smells Something Fishy.
Pour enfants de 7 à 10 ans.

ISBN 978-0-545-99820-8

I. Brunkus, Denise II. Allard, Isabelle III. Titre.
IV. Collection : Park, Barbara. Junie B. Jones.

PZ23.P363Po 2007   j813'.54   C2007-900079-7

Édition publiée par les Éditions Scholastic,
604, rue King Ouest, Toronto (Ontario) M5V 1E1.

6 5 4 3 2   Imprimé au Canada   09 10 11 12 13

Table des matières

1
La journée des animaux

Je m'appelle Junie B. Jones. Le B, c'est la première lettre de Béatrice. Je n'aime pas ce prénom-là, mais le B tout seul, j'aime bien ça!

Et vous savez quoi?

B est la lettre qui vient tout de suite après A. Et A, c'est la première lettre du mot animal. Et ça me fait penser à ce qui s'est passé à mon école l'autre jour.

J'étais assise à mon pupitre et je travaillais.

Tout à coup, l'enseignante s'est levée. Elle a tapé des mains très fort.

Elle s'appelle Madame. Elle a un autre nom, mais je ne m'en souviens jamais. De toute façon, j'aime bien dire Madame tout court.

— Les enfants! J'aimerais avoir votre attention, s'il vous plaît! J'ai une grande nouvelle à vous annoncer. La semaine prochaine, c'est la Semaine nationale des animaux. Alors, à cette occasion, la classe numéro neuf va organiser une journée des animaux!

J'ai bondi de ma chaise, tout excitée.

— HOURRA, LES AMIS! HOURRA! ON VA AVOIR UNE JOURNÉE DES ANIMAUX!

Mes pieds ont sautillé partout dans la classe. Parce qu'ils voulaient répandre la bonne nouvelle, c'est pour ça!

— CHARLOTTE, TU AS ENTENDU ÇA? JAMAL, IL VA Y AVOIR UNE JOURNÉE DES ANIMAUX! JIM-LA-PESTE QUE JE DÉTESTE, AS-TU HÂTE?

Madame m'a attrapée par les bretelles.

Parce que ce matin-là, je portais un pantalon avec des bretelles.

J'ai regardé autour de moi, très inquiète.

— Ouais, sauf qu'il y a un problème, ai-je dit. Si vous tirez trop fort sur mes bretelles, boum! mon pantalon va tomber!

Madame m'a regardée en fronçant les sourcils.

— Va... t'asseoir... tout... de... suite, a-t-elle dit d'une voix qui faisait peur.

J'ai avalé ma salive.

— D'accord, ai-je dit.

Je me suis dépêchée d'aller m'asseoir. Madame est retournée à l'avant de la classe.

Elle nous a *espliqué* le règlement de la journée des animaux.

Elle a dit que ce serait le lundi suivant. Et que, si on avait un chat ou un chien, on pouvait apporter sa photo pour qu'elle l'épingle au babillard.

— Surtout, les enfants, pas de chien ni de chat à l'école. Vous ne pouvez amener

3

que des animaux en cage.

Je me suis levée d'un bond.

— Fiou! Heureusement pour moi! ai-je dit. Parce que j'ai un chien qui s'appelle Tickle! En premier, je pensais que je pouvais seulement apporter sa photo. Mais comme ça, je vais pouvoir l'amener dans une cage!

Madame a secoué la tête.

— Non, Junie B. Tu n'as pas bien compris. Les chats et les chiens sont interdits à l'école. Même dans une cage. Pour les enfants qui ont un chien ou un chat, je vais décorer le babillard et y afficher des photos de leurs animaux.

J'ai baissé la tête, très déçue.

— Zut! ai-je dit.

Parce qu'une photo de chien, ce n'est pas amusant, c'est pour ça.

Ma *plus meilleure* amie, Grace, a agité sa main dans les airs.

— Est-ce que je peux emmener Bulle,

mon poisson rouge? a-t-elle demandé.
Est-ce qu'un bocal, c'est la même chose
qu'une cage?

Madame a souri.

— Oui, Grace. Tu peux emmener ton
poisson rouge.

Après, mon autre meilleure amie,
Lucille, a levé sa main, elle aussi.

— Madame! Devinez ce que je vais
apporter! Je vais apporter une photo de
mon poney! Et je vais porter ma nouvelle
tenue d'équitation qui a coûté très cher!
Comme ça, tout le monde verra comme je
suis jolie quand je monte à cheval!

Alors Madame a regardé Lucille très
longtemps.

— Ce sera très intéressant, a-t-elle fini
par dire.

Lucille m'a touchée du doigt.

— J'ai hâte que lundi arrive! Et toi,
Junie B., as-tu hâte? Attends de voir
comme je suis jolie avec mes bottes

d'équitation!

Je n'ai rien répondu.

Elle m'a encore touchée du doigt.

— La journée des animaux va être géniale, hein, Junie B.? Tu ne penses pas qu'on va bien s'amuser?

J'ai approché mon visage tout près du sien.

— Arrête de me toucher, ai-je ronchonné. Je suis *sérieuse*! Et qu'est-ce

qu'il y a d'amusant à apporter une photo de chien, tu peux me le dire? Hein, Lucille? Est-ce que tu penses que c'est amusant? Hein?

Après, j'ai mis ma tête sur la table.

J'ai caché ma tête dans mes bras.

Et je ne l'ai pas relevée avant la fin de la journée.

2/ Piaf

Grace et moi, on a pris l'autobus pour rentrer à la maison.

Je ne lui ai pas parlé, à cette fille.

Parce qu'elle n'arrêtait pas d'être contente à cause de Bulle. Et ce n'était pas très gentil, comme attitude.

J'ai marché jusqu'à ma maison, très déprimée.

Ma mamie, Helen Miller, gardait mon petit frère qui s'appelle Ollie.

— Oh! oh! a-t-elle dit. On dirait que quelqu'un a passé une mauvaise journée à l'école.

J'ai levé ma main faiblement.

— Moi, mamie. C'est moi qui ai passé une mauvaise journée.

Je lui ai donné la lettre qui expliquait le règlement de la journée des animaux.

Mamie a mis Ollie dans sa balançoire et s'est assise avec moi sur le canapé. J'ai attendu pendant qu'elle lisait la lettre.

— Oh, non! Tu ne peux pas amener Tickle? a-t-elle demandé.

J'ai secoué la tête.

— Même pas dans une cage, ai-je répondu avec un soupir triste. Il n'y a pas de justice, hein, Helen?

Mamie m'a souri gentiment.

Puis elle m'a serrée dans ses bras.

Et elle m'a dit de ne pas l'appeler Helen.

— Je ne sais pas quoi te dire, ma chérie, a-t-elle ajouté. Si tu n'as pas un autre animal d'ici lundi, il va falloir que tu acceptes la situation.

Mes yeux ont commencé à pleurer un petit peu.

— Mais maman et papa ne vont pas m'acheter un autre animal, mamie. Parce que je leur ai déjà demandé un lapin, une chèvre, une chauve-souris et un rat. Et ils m'ont toujours dit non, non, non et non!

Mamie a relu la lettre.

— Attends un peu, a-t-elle dit. Je n'avais pas vu ça tantôt. Il est écrit que tu peux amener un oiseau.

— Et alors? ai-je dit en haussant les épaules.

— Alors, tu pourrais amener mon canari! a-t-elle dit. Je vais te laisser prendre Piaf!

J'ai regardé mamie dans les yeux.

Je lui ai tapoté la main doucement. Puis

j'ai chuchoté un secret dans son oreille :

— Ouais, sauf qu'il y a un problème. Je déteste cet oiseau idiot.

Mamie Miller a eu l'air étonnée.

— Tu le détestes? Tu détestes Piaf? a-t-elle demandé.

Je lui ai montré mon doigt.

— Il m'a donné un coup de bec, mamie. Sur le doigt, tu te souviens? En plus, je ne lui avais rien fait, moi!

Mamie m'a regardée en plissant les yeux.

— Tu avais mis une pomme de terre sur sa tête, a-t-elle dit. À sa place, moi aussi, je t'aurais donné un coup de bec.

J'ai souri, un peu nerveuse.

— C'était un chapeau, ai-je dit d'une petite voix.

Après, mamie et moi, on est restées assises toutes raides. On n'a pas parlé pendant de longues minutes.

Finalement, j'ai tapoté son bras.

— As-tu d'autres animaux dans ta maison? ai-je demandé. Des animaux que je ne connais pas?

Mamie a ri un petit peu.

— Non, à moins qu'on n'attrape ce fichu raton laveur qui n'arrête pas de renverser notre poubelle tous les soirs.

Puis elle a ri encore.

Et vous savez quoi?

J'ai ri, moi aussi!

Parce que cette grand-mère-là est un génie, je vous le dis!

3/
La patronne

Samedi, je me suis levée toute joyeuse.

J'ai couru dans le garage.

J'ai pris l'épuisette de mon père et j'ai couru dans la cuisine.

Maman mangeait des céréales.

— Maman! Maman! Devine pourquoi j'ai pris l'épuisette! Devine, maman!

Je n'ai pas pu attendre qu'elle devine.

— PARCE QU'AUJOURD'HUI, C'EST LE JOUR OÙ JE VAIS ATTRAPER CE FICHU RATON LAVEUR! ai-je crié.

Maman a fermé les yeux.

— Non, Junie B. Non. Nous avons déjà

discuté de ça hier soir, pendant le souper.
Tu te souviens?

J'ai fait un grand sourire.

— Oui, oui! Je me souviens qu'on a
discuté du raton laveur.

Maman a eu l'air surprise.

— Mais nous t'avons dit non, Junie B.
Tu ne peux pas attraper un raton laveur.
Les ratons laveurs ont des griffes et des
dents pointues, tu sais!

— Bien sûr que je le sais. C'est pour
ça que j'ai pris l'épuisette, maman! Tu vois
comme le manche est long? Comme ça, il
n'y aura pas de danger!

Maman a épelé le mot *non* :

— N-o-n, non.

— O-u-i, oui, ai-je répliqué en tapant
du pied. Il le *faut*, maman. Je dois attraper
ce raton laveur pour la journée des animaux.
Mamie Miller *a dit* que je pouvais. Et elle

est ta patronne.

Tout à coup, il y a eu un miracle.

C'était que *ma mamie Miller est entrée par la porte de derrière!*

Maman a levé les yeux.

— Tiens, c'est la patronne! a-t-elle dit d'un ton grognon.

J'ai couru vers mamie, toute contente.

— Mamie Miller! Mamie Miller! Je suis contente de te voir! Parce que maman a dit que je ne pouvais pas attraper le raton laveur. Alors, tu dois l'obliger à dire oui!

J'ai reculé pour lui faire de la place.

— Bon, vas-y! ai-je dit.

J'ai attendu, attendu... Mais mamie n'a rien dit.

— Vas-y! ai-je répété un peu plus fort.

Alors, j'ai remarqué quelque chose qui m'a fait encore plus plaisir!

C'était que *ma mamie portait son chapeau de pêche!*

Mes yeux sont presque sortis de ma tête en voyant ça.

— Mamie! Mamie! Tu portes ton chapeau de pêche! Ça veut dire que tu vas au lac aujourd'hui!

J'ai couru à la porte.

— Est-ce que papi va au lac avec toi? Est-ce qu'il est dehors dans le camion?

J'ai regardé dehors.

— HÉ! IL EST LÀ, MAMIE! IL EST DANS LE CAMION!

J'ai ouvert la porte.

— PAPI MILLER! HÉ, BONNE NOUVELLE! JE VAIS AU LAC AVEC VOUS, JE PENSE! IL Y A BEAUCOUP DE RATONS LAVEURS À ATTRAPER LÀ-BAS! ENCORE PLUS QU'À TA MAISON, JE SUIS SÛRE!

Je suis retournée dans la cuisine.

— Tiens, mamie. Prends mon épuisette. Je vais m'habiller et je reviens *subito*

presto!

Subito presto, c'est une *espression* qui
veut dire très, très vite.

Mamie m'a attrapée par mon pyjama.

— Non, ma chérie, attends, a-t-elle dit.
Tu ne peux pas venir avec nous aujourd'hui.
Nous avons rendez-vous avec des amis et
nous sommes déjà en retard. Nous venons
juste emprunter la glacière de ton père.

J'ai senti que je me dégonflais à
l'intérieur.

— Ouais, sauf qu'il *faut* que je vienne,
mamie. Sinon, comment est-ce que je
pourrai attraper un raton laveur
aujourd'hui?

Mamie s'est penchée vers moi.

— Heu, je voulais justement t'en parler.
Tu sais, pour le raton laveur, je disais
seulement ça pour rire. Je ne pensais pas
que tu me prendrais au sérieux.

Mon nez a commencé à renifler.

— Eh bien, tu t'es trompée, Helen, ai-je
dit.

Mamie m'a serrée très fort dans ses bras.

— Allons, ne pleure pas, a-t-elle dit. Il y a beaucoup d'autres bêtes que tu peux attraper pour la journée des animaux. Des bêtes *beaucoup* plus gentilles que les ratons laveurs.

J'ai secoué la tête très vite.

— Non, mamie, ce n'est pas vrai. Tu dis ça juste pour me consoler.

Je suis restée là sans bouger un long moment.

Et si elle avait raison? S'il y avait *vraiment* beaucoup d'autres animaux?

Finalement, j'ai respiré très fort.

— D'accord. Dis-moi quels autres animaux. Mais j'espère que ce n'est pas une blague!

Mamie a souri.

— Attends ici, a-t-elle dit.

Elle a couru jusqu'au camion, puis elle est revenue.

Elle cachait quelque chose derrière son dos.

— Junie B., j'ai ici quelqu'un qui aimerait bien te connaître, a-t-elle dit. Ferme les yeux et je vais le mettre dans ta main.

Il y avait comme des petits papillons dans mon ventre.

— Qu'est-ce que c'est, mamie? Est-ce que ça chatouille? Est-ce que je vais aimer ça? Je ne me ferai pas mordre, hein? Promis?

J'ai fermé les yeux.

Mamie a déplié mes doigts et mis la surprise dans le creux de ma main.

4 / Dégueu!

— BEURK! DÉGUEU! C'EST UN VER DE TERRE! ENLÈVE-LE, MAMIE! ENLÈVE-LE TOUT DE SUITE!

Mamie a vite repris le ver de terre.

— Pour l'amour du ciel, Junie B.! Quel est ton problème? C'est seulement un bébé ver. Regarde, il est tout petit! Cette petite bête ferait un merveilleux animal de compagnie.

J'ai soupiré très fort.

— Ouais, sauf que les vers ne peuvent pas être des animaux de compagnie, mamie. Parce que les animaux de compagnie ont de la fourrure pour qu'on puisse les flatter. Et les vers ont juste une peau gluante.

Mamie m'a regardée d'un air surpris.

— Ne dis pas de sottises. Ce ne sont pas *tous* les animaux de compagnie qui ont de la fourrure. Mon oiseau Piaf n'a pas de fourrure. Les poissons rouges n'ont pas de fourrure. Les bernard-l'hermite n'ont pas de fourrure. Les lézards n'ont pas de fourrure. Les...

Je me suis bouché les oreilles.

— Bon, d'accord. Assez parlé de fourrure, ai-je dit. Mais les vers n'ont pas d'yeux, ni d'oreilles. Ils n'ont pas de pattes, ni de queue, ni de cou. Ils ne chantent pas, n'aboient pas, ne gloussent pas et ne miaulent pas. Alors, c'est quoi cette sorte d'animal stupide?

Mamie a *fléréchi*.

Puis elle a souri.

— J'appelle ça une sorte d'animal qui ne réveille pas les voisins, qui ne renifle pas les gens et qui ne se gratte pas sans arrêt, a-t-elle répondu.

Après, elle s'est levée et a donné le bébé ver à maman.

— Je vais laisser cette petite bête à ta maman, a-t-elle dit. Tu peux y penser et décider si tu veux la garder. Je t'en reparlerai plus tard.

Elle m'a donné un bisou sur la tête.

Elle a pris la glacière et elle est sortie en vitesse.

Maman a regardé le bébé ver dans sa main.

— Tu es *vraiment* minuscule, toi!

Elle a pris un bocal de mayonnaise vide dans un placard. Elle a percé des trous dans le couvercle pour laisser passer l'air.

Puis elle a mis le bébé ver dedans.

Elle l'a observé à travers le bocal.

— Tu ne sais même pas où tu es, hein, pauvre petit ver? Je parie que tu as peur, tout seul là-dedans.

Je lui ai tourné le dos. Parce que je savais ce qu'elle essayait de faire, c'est pour ça.

— Tu ne peux pas m'obliger à l'aimer, maman, ai-je dit. Personne ne peut m'obliger.

— Bien sûr que non, a dit maman. Mais ce n'est pas parce que toi, tu ne l'aimes pas que *moi*, je ne l'aimerai pas non plus.

Elle a recommencé à parler au ver.

— Hum... peut-être que tu serais plus content si tu avais un peu de terre où ramper. Allons voir dehors si on peut en trouver.

Maman a mis son manteau et elle est sortie dans le jardin.

Elle est revenue dans la maison et m'a montré le bocal.

C'était plutôt joli là-dedans.

Il y avait une roche, une brindille, un
pissenlit et des trèfles.

J'ai regardé le bébé ver.

Il m'a regardée aussi, je pense.

— Ouais, sauf que je ne l'aime toujours

pas, ai-je dit d'une petite voix.

Je me suis balancée sur mes pieds.

— De toute façon, *même* si je l'aimais, je ne sais même pas ce que ça mange, un ver. Qu'est-ce que je pourrais lui donner à manger?

Maman a *éroubiffé* mes cheveux.

— Justement, c'est ce qu'il y a de bien avec les vers. Ils tirent toute leur nourriture directement de la terre. Tu n'as pas besoin de les nourrir.

Mon petit frère a commencé à pleurer.

— Oh! oh! le bébé pleure, a dit maman. Tiens, prends ça.

Elle m'a tendu le bocal.

Et elle est sortie de la pièce en courant.

5/ La chasse aux amis

J'ai observé le ver de plus près.

Il s'est caché dans la terre en se tortillant.

J'ai tapoté le bocal.

— Ouais, sauf qu'il y a un problème. Maintenant, je ne peux plus te voir. Alors, tu trouves que c'est amusant?

J'ai enlevé le couvercle et parlé très fort dans l'ouverture.

— HÉ, SORS DE LÀ! JE VEUX TE REGARDER!

J'ai attendu patiemment. Mais le ver n'est pas sorti.

— Hé, là-dedans! Tu ne comprends pas

quand je te parle?

Tout à coup, mon cerveau a pensé à quelque chose d'important.

Bien sûr qu'il ne comprenait pas quand je lui parlais!

Comment aurait-il su que je lui parlais puisqu'il n'avait même pas de nom?

J'ai fermé mes yeux très fort et j'ai essayé de penser à un nom de ver.

Après quelques secondes, mes yeux se sont ouverts d'un coup!

— MACARONI! ai-je dit, toute contente. Je vais t'appeler Macaroni! Parce que les macaronis et les vers sont presque jumeaux!

J'ai crié dans le bocal :

— VIENS, MACARONI! VIENS, MON PETIT MACARONI!

Maman a passé la tête par la porte de la cuisine.

— Pourquoi cries-tu comme ça? Qui est Macaroni?

J'ai montré le bocal.

— Macaroni, c'est mon ver, ai-je répondu. Il s'est enfoncé dans la terre. Et maintenant, il ne veut plus sortir. Même quand je l'appelle par son nom.

Maman a regardé dans le bocal.

— Hum... peut-être qu'il fait une sieste, a-t-elle dit. Ou peut-être qu'il explore sa nouvelle maison.

J'ai tapoté mon menton.

— Peut-être, ai-je dit. Ou peut-être qu'il cherche des amis pour jouer...

J'ai ouvert les yeux très grands.

— Maman! Je parie que c'est ça, le problème! Macaroni s'ennuie, là-dedans! Il veut un ami!

J'ai couru chercher ma veste.

— ATTENDS, PETIT MACARONI!

ATTENDS! PARCE QUE JE PEUX T'AIDER, MOI! JE VAIS RÉGLER TON PROBLÈME!

J'ai pris le bocal de Macaroni et je me suis précipitée dans le jardin.

Les amis, ça ne se trouve pas facilement.

En premier, j'ai essayé d'attraper un papillon. Mais il s'est envolé.

Après, j'ai voulu attraper une sauterelle. Mais elle n'arrêtait pas de sauter.

J'ai aussi essayé d'attraper un grillon, un moucheron et un lézard. Mais ils ne voulaient pas coopérer non plus.

Finalement, je me suis assise dans le gazon, découragée.

— Je ne suis pas très bonne, ai-je dit.

Tout à coup, j'ai vu une chose merveilleuse!

J'ai vu *trois fourmis qui marchaient dans le gazon. Elles transportaient un bâtonnet au fromage sur leur tête.*

Mon cœur s'est mis à battre très vite.

— MACARONI! HÉ, MACARONI! JE T'AI TROUVÉ DES AMIES! ELLES ONT APPORTÉ UNE DÉLICIEUSE COLLATION AU FROMAGE!

J'ai ramassé les fourmis et le bâtonnet au fromage. J'ai mis tout ça dans le bocal.

Et ce n'était pas la seule bonne nouvelle.

Parce qu'au même moment, une mouche bourdonnante s'est posée sur la manche de ma veste. Je lui ai donné un coup avec le couvercle du bocal. Elle n'était même pas complètement morte! Alors, je l'ai mise dans le bocal, elle aussi.

Après, j'ai dansé et dansé tout autour de mon jardin.

Parce que Macaroni avait des amies, maintenant!

Et moi, j'avais des animaux pour la journée des animaux!

Et ça, ça s'appelle *être heureuse jusqu'à la fin des temps!*

6/
Paillette

J'ai couru dans la maison, tout excitée.

— Maman! Maman! J'ai trouvé des amies pour Macaroni! J'ai trouvé Bisbille, la mouche écrasée! Et aussi trois fourmis et un bâtonnet au fromage!

Maman a regardé dans le bocal.

— Super... a-t-elle dit d'une voix douce.

— Je sais, maman! Je sais que c'est super! Macaroni va adorer ses amies, je te le dis!

Après, j'ai apporté le bocal dans ma chambre. Je l'ai mis sur mon lit. Et j'ai attendu que Macaroni rencontre ses nouvelles amies.

J'ai attendu tout l'après-midi.

Sauf que Macaroni n'est jamais sorti.

Au souper, je suis allée dans la cuisine, découragée.

— Macaroni est encore caché, ai-je dit. En plus, les fourmis ont mangé le bâtonnet au fromage. Et Bisbille ne bouge plus du tout.

Maman m'a assise sur ma chaise. Elle a mis du ragoût dans mon assiette.

— Ouais, sauf que je ne peux pas manger de ragoût, moi, ai-je dit. Je suis trop déprimée!

Tout à coup, quelqu'un a ouvert la porte d'entrée.

C'était ma mamie Helen Miller.

Elle rapportait la glacière.

Et vous savez quoi?

Il y avait un poisson géant, là-dedans!

Mes yeux sont presque sortis de ma tête!

— Mamie Miller! Ce poisson est presque aussi gros que moi! ai-je dit, très excitée.

Mamie Miller avait l'air toute fière.

— C'est un achigan à grande bouche! Il est superbe, non?

— Oui, mamie, superbe! Regarde comme sa peau brille! On va l'appeler Paillette, d'accord? Hein, mamie? Tu veux l'appeler Paillette?

Mamie Miller a éclaté de rire.

— Appelle-le comme tu voudras, ma chérie. On en a trois autres comme celui-là dans le camion. Venez, tout le monde! Venez les voir!

Maman et papa sont allés jusqu'au camion.

Mais pas moi.

Parce que je voulais rester avec
Paillette, c'est pour ça!

J'ai dit bonjour à mon nouvel ami dans
l'eau.

— Bonjour, Paillette! Comment ça va,
aujourd'hui? Moi, ça va. Et toi?

J'ai tapoté sa tête.

— Tu veux nager, Paillette? Hein? Tu
veux nager dans l'eau froide?

Je me suis mise à genoux. Et je l'ai fait
nager dans la glacière.

— J'aimerais que tu sois mon poisson,
Paillette. Si tu étais mon poisson, je
t'amènerais à l'école pour « Montre et
raconte ». Et tu serais la vedette de la
journée!

Soudain, j'ai eu la chair de poule.

Parce que c'était la meilleure des idées!

— Hé! Paillette! Peut-être que tu
pourrais venir à l'école pour la journée des

animaux! Parce que tu es bien mieux que les insectes dans mon bocal, tu sais!

J'ai soulevé mon nouvel ami hors de l'eau. Sauf que, tant pis pour moi. Parce que Paillette est tombé par terre.

— Oh, zut! ai-je dit. Tu es plutôt dodu, hein, Paillette! Alors, comment je vais pouvoir t'apporter à l'école, moi? J'aimerais bien le savoir!

Puis j'ai vu la laisse de Tickle.

Elle était accrochée à une chaise.

J'ai dansé en rond dans la cuisine.

— Une laisse, Paillette! Une laisse, c'est la solution à notre problème!

J'ai pris la laisse et je l'ai mise autour de la tête de Paillette. Puis je l'ai tiré sur le plancher.

Il glissait super bien!

La porte de derrière s'est ouverte.

— JUNIE B. JONES! QU'EST-CE QUE

TU FAIS LÀ?

C'était maman.

Elle était revenue du camion, on dirait.

— Je fais glisser Paillette, ai-je répondu, un peu nerveuse. On s'exerce pour la journée des animaux.

Maman a secoué la tête très vite.

— Oh, non! Tu n'apporteras *pas* ce poisson à l'école. Il n'en est pas question, mademoiselle!

— Oui, maman! Il en est question! Je *dois* l'apporter à l'école. J'adore ce poisson super glissant. S'il te plaît, maman, s'il te plaît, dis oui!

Maman a respiré très profondément.

Elle s'est assise à côté de moi. Elle a fait de grands efforts pour ne pas crier.

— Bon, je veux que tu m'écoutes attentivement. Je sais que tu aimes ce poisson. Et je sais que tu aimerais l'apporter à l'école pour la journée des animaux. Mais la journée des animaux, c'est pour les animaux *vivants*, Junie B. Et peut-être que tu ne l'as pas compris, mais ce poisson... il est *mort*, ma chérie. Paillette est mort.

J'ai hoché la tête.

— Ce n'est pas un problème, ai-je dit.

Maman a froncé les sourcils.

— Ce n'est *pas* un problème? Qu'est-ce que tu veux dire? Bien sûr que c'est un problème! Tu ne peux pas apporter un poisson mort à l'école!

J'ai levé mes sourcils.

— Et pourquoi pas? Est-ce que c'est dans le règlement? ai-je demandé.

— Non, évidemment que ce n'est pas dans le règlement, a répondu maman.

J'ai souri.

— Bon, ai-je dit. Alors, je peux

l'apporter.

Maman m'a regardée très longtemps.

Puis elle a fermé les yeux.

Elle a mis sa tête sur le napperon.

Et elle n'a pas mangé son ragoût.

7/ La voleuse de poisson

Mamie Miller a volé Paillette!

Elle a attendu que je prenne mon bain, puis elle s'est faufilée dans la cuisine et a emporté Paillette.

J'ai couru partout, paniquée.

— ELLE L'A VOLÉ! MAMIE MILLER A VOLÉ PAILLETTE ET PERSONNE NE L'A EMPÊCHÉE!

Maman m'a dit de baisser le ton.

— Ta grand-mère n'a pas *volé* Paillette, Junie B. C'est elle qui l'a attrapé dans le lac. Ce poisson est à elle.

Elle m'a prise dans ses bras et m'a portée jusqu'à mon lit.

— Il va falloir que tu comprennes,
Junie B. Tu ne peux pas apporter un
animal mort à l'école pour la journée des
animaux. Un point, c'est tout. Bonne nuit.

Elle m'a donné un bisou sur la joue.

Et vous savez quoi?

Je ne lui ai même pas donné de bisou.

Le lundi matin, mon papi Frank Miller
me gardait avant l'école.

Je ne lui ai pas parlé.

Parce qu'il est marié à la voleuse de
poisson, c'est pour ça.

J'ai mangé mon déjeuner en silence.

Papi Miller a regardé mon bocal
d'insectes sur le comptoir.

— Ça alors! Regarde-moi ces fourmis!
Elles bougent sans arrêt!

Il a plissé les yeux.

— Qu'est-ce qu'elles transportent sur

leur tête?

J'ai froncé les sourcils.

J'ai *fléréchi*. Parce que le bâtonnet de fromage avait déjà disparu. Alors, qu'est-ce qu'elles pouvaient bien transporter?

Tout à coup, mes yeux se sont agrandis.

Parce que j'ai pensé à quelque chose de pas très drôle, c'est pour ça.

J'ai couru jusqu'au bocal *subito presto*.

— OH, NON! NON, NON, NON! C'EST BISBILLE, MA MOUCHE ÉCRASÉE!

J'ai enlevé le couvercle.

— REMETTEZ-LA PAR TERRE! ET TOUT DE SUITE! JE SUIS SÉRIEUSE!

Les fourmis ne m'ont pas obéi.

C'est pour ça que j'ai couru dans le jardin. Et que j'ai retourné le bocal et je l'ai secoué pour faire tomber les fourmis.

— RENTREZ CHEZ VOUS, LES

FOURMIS! ai-je crié. ALLEZ-VOUS-EN
TOUT DE SUITE!

Les fourmis sont rentrées chez elles.

J'ai frotté mes mains, toute fière.

Parce que j'avais sauvé Bisbille, c'est
pour ça.

Après, j'ai ramassé le bocal dans le gazon. Sauf qu'il y avait quelque chose de différent.

J'ai regardé dans le bocal.

Oh, non!

Il était vide.

Toute la terre était partie!

Et Macaroni aussi!

— MACARONI! ai-je crié. OÙ ES-TU? YOU-HOU! MACARONI!

J'ai rampé partout dans le gazon. J'ai cherché, cherché, cherché.

Mais je n'ai jamais revu Macaroni.

8/ Surprise congelée

J'ai pleuré très longtemps dans mon lit.

— La journée des animaux est gâchée! Complètement gâchée!

Papi Miller a cherché des photos de Tickle dans la maison.

Il les a collées sur du carton. Il a apporté le carton dans ma chambre.

— Regarde, a-t-il dit. Ce n'est pas si mal, non?

J'ai levé ma tête de l'oreiller.

J'ai regardé les photos. J'ai tapoté le bras de papi gentiment.

— Tu as fait de ton mieux, mon pauvre vieux papi, ai-je dit d'une petite voix.

Papi a regardé le plafond. Moi aussi, j'ai regardé. Mais je n'ai rien vu.

Après, je me suis levée. Je me suis habillée pour l'école. Et j'ai marché

jusqu'à la cuisine, la tête basse.

Papi m'a fait un sandwich à la dinde.

— Que veux-tu boire? m'a-t-il
demandé.

J'ai poussé un gros soupir.

— Du jus d'orange, s'il te plaît, ai-je
dit.

Papi a ouvert le réfrigérateur.

— Hum… jus d'orange, jus d'orange…
je ne vois pas de jus d'orange, a-t-il dit.

Je l'ai aidé à chercher.

Il n'y avait de jus d'orange nulle part.
Même pas dans le congélateur.

Papi a déplacé les légumes surgelés.

Et vous savez quoi?

Mon cœur s'est presque arrêté de
battre!

Parce que je n'en croyais pas mes yeux,
c'est pour ça!

— PAPI MILLER! VOIS-TU CE QUE

JE VOIS? HEIN? VOIS-TU ÇA?

Papi Miller a regardé de plus près.

— Eh bien, je ne vois pas de jus d'orange, en tout cas, a-t-il répondu.

J'ai dansé partout dans la cuisine.

— NON, PAPI! JE NE PARLE PAS DU JUS D'ORANGE! JE PARLE DE L'ANIMAL POUR LA JOURNÉE DES ANIMAUX! LE VOIS-TU? LE VOIS-TU LÀ-DEDANS?

J'ai tapé des mains, toute contente.

J'ai sautillé jusqu'au congélateur.

Et je l'ai pris sur la tablette!

9/ Le prix le plus honorifique

La journée des animaux a été très amusante!

Il y avait des cages avec des animaux à fourrure. Des poissons dans leur bocal. Et aussi un serpent. Un bernard-l'hermite. Et un coq.

— C'est *mon* coq, a dit Jim-la-peste que je déteste. Il va picorer ta tête si je le lui dis. Il va la picorer jusqu'à ce qu'il n'en reste qu'un tout petit morceau.

J'ai fait une grimace. Parce qu'un petit morceau de tête, je trouvais ça dégueu!

Tout à coup, Lucille s'est approchée en

sautillant.

— Regarde, Junie B.! Regarde ma jolie tenue d'équitation! As-tu vu mon joli casque? On appelle ça une bombe. Et mon joli pantalon d'équitation? Et regarde, Junie B.! C'est une photo de mon poney! Et regarde mes jolies bottes en véritable cuir!

J'ai souri d'un air admiratif.

— Superbe, Lucille, ai-je dit.

Grace m'a tirée par le bras.

— Junie B.! Junie B.! Viens voir Bulle! C'est mon poisson rouge! Je lui ai acheté un nouveau bocal! Viens le voir! Viens!

Madame a tapé des mains.

— Les enfants! Allez vous asseoir! Nous allons passer une belle journée dans la classe numéro neuf!

Tous les élèves se sont dépêchés de s'asseoir.

Madame a désigné la table des animaux à l'arrière de la classe.

— Qui veut commencer? a-t-elle demandé. Qui veut nous présenter son animal?

J'ai bondi de ma chaise.

— MOI! ai-je crié. MOI! MOI!

Madame m'a dit de me *rasseoir*. Et elle a demandé à William, le Bébé-lala. Parce que ce garçon ne bondit jamais, c'est pour ça.

William est allé à la table des animaux.

Il a montré son ouaouaron, qui s'appelle Merlin.

— Je l'ai seulement depuis samedi, a dit William d'un air timide.

Madame a souri.

— Eh bien, c'est un *très beau* ouaouaron, a-t-elle dit. Aimerais-tu le sortir de son aquarium, William? Veux-tu nous montrer comment on tient un ouaouaron dans ses mains?

William est devenu tout blanc et il a commencé à transpirer.

C'est pour ça que Madame lui a mis une serviette mouillée sur la tête. Elle lui a

dit qu'il n'était pas obligé de tenir Merlin.

Après, c'était le tour de Charlotte.

Elle nous a montré son lapin Pantoufle.

Elle lui a fait faire le tour de la classe et elle nous a laissés lui flatter la tête.

Pantoufle sentait les pieds puants.

Ensuite, Paulie Allen Puffer nous a montré son perroquet, qui s'appelle Pedro le pirate. Sauf que, tant pis pour Pedro le pirate, parce qu'il disait plein de gros mots. Comme il n'arrêtait pas, Madame l'a envoyé au bureau du directeur.

Après, des enfants ont montré des photos de leur chat et de leur chien.

Puis Jamal nous a présenté son lézard, qui s'appelle Bizarre.

Un garçon qui s'appelle Sam nous a montré son hamster, Elvis.

Finalement, j'ai levé ma main très calmement.

— C'est agréable de te voir si polie, Junie B., a dit Madame. Aimerais-tu être la prochaine? As-tu apporté une photo de ton chien?

— Non, ai-je répondu. Parce que je ne voulais pas apporter de photo, vous vous souvenez? Je voulais amener un vrai animal. Sauf que tant pis pour moi! Parce que maman a dit non pour le raton laveur. Et ma mamie Helen Miller a volé Paillette. En plus, j'ai perdu Macaroni. Et après, on ne trouvait pas de jus d'orange. C'est pour ça que mon papi a déplacé les légumes surgelés. Et boum! j'ai vu un animal dans le congélateur! Alors, je l'ai mis dans mon sac à dos. Le voici!

J'ai ouvert mon sac et j'ai sorti mon animal pour le montrer à tout le monde.

— C'EST BÂTONNET! ai-je déclaré, toute fière. JE L'AI APPELÉ BÂTONNET PARCE QUE C'EST UN BÂTONNET DE POISSON, C'EST POUR ÇA!

Les élèves de la classe numéro neuf m'ont fixée sans rien dire.

Tout à coup, ils se sont tous mis à rire.

— HÉ, LUBIE B.! a crié Jim-la-peste.

Un bâtonnet de poisson, ce n'est pas un animal. C'est un *souper*!

J'ai senti que je devenais toute petite à l'intérieur.

— Mais, mais... les bâtonnets de poisson sont des animaux de compagnie, hein, Madame? ai-je demandé. Parce que les poissons sont des animaux de compagnie, non?

Madame se cachait le visage dans ses mains. Elle m'a regardée entre ses doigts.

— Hum... Heu... Bien sûr. Bien sûr que les poissons sont des animaux de compagnie.

Je me suis sentie un peu mieux.

— Alors, les bâtonnets de poisson sont des animaux de compagnie aussi! N'est-ce pas?

Madame est restée cachée encore un

peu.

Puis elle a respiré très fort. Elle s'est levée de son bureau.

— Eh bien, nous allons vérifier, a-t-elle dit. Voyons ce que dit le dictionnaire.

Elle a sorti son dictionnaire. Elle a cherché *Animal de compagnie*.

Elle nous a lu ce qui était écrit :

— *Animal domestique familier qui vit auprès de l'homme pour lui tenir compagnie*. Bon. Maintenant, voyons si un bâtonnet de poisson correspond à cette définition.

Elle m'a regardée.

— Junie B., est-ce que Bâtonnet est un animal sauvage ou apprivoisé?

— Apprivoisé, ai-je répondu. Il est *très* bien apprivoisé. Il ne picore pas la tête des gens.

— Bon, a dit Madame. Et dirais-tu

qu'il te *tient compagnie*, Junie B.? Est-ce que tu l'apportes avec toi dans toutes sortes d'endroits? Est-ce qu'il se comporte bien en public?

— Oui, ai-je répondu. Bâtonnet peut aller à plus d'endroits que mon chien, probablement. Parce que je peux le mettre dans mon sac à dos, et il ne dit pas un mot!

Madame a souri d'un air content.

Elle a marché jusqu'à ma table. Elle m'a serré la main.

— Alors, toutes mes félicitations, a-t-elle dit. Selon le dictionnaire, Bâtonnet est *bien* un animal de compagnie.

Elle a pris Bâtonnet et l'a apporté à la table des animaux.

Et vous savez quoi? Elle l'a mis à côté de Bulle!

— Hé, Grace! Nos poissons vont

pouvoir être amis, comme nous deux!
ai-je dit, toute contente.

Soudain, j'ai entendu un coassement.

C'était Merlin le ouaouaron.

Merlin s'est mis à coasser encore plus
fort!

Cela a fait sauter Bulle dans l'eau de
son bocal!

Puis le coq a fait cocorico!

Et le lapin Pantoufle a donné un coup
de patte.

La porte de sa cage s'est ouverte et il a
sauté de la table!

— OH, NON! ont crié tous les élèves.
OH, NON!

Tout le monde a essayé d'attraper
Pantoufle. Il sautait partout dans la classe.
Finalement, Madame l'a attrapé avec la
poubelle.

C'était l'aventure la plus excitante que

la classe numéro neuf ait jamais eue!

Et ce n'est pas tout! Parce qu'à la fin de la journée, Madame a donné des rubans à tous les animaux.

Le coq a eu le ruban du PLUS BRUYANT.

Pedro le pirate a eu le ruban du PLUS BAVARD.

Bulle a eu le ruban du MEILLEUR NAGEUR.

Pantoufle a eu le ruban du PLUS GALOPIN.

Et Bâtonnet a eu le ruban du PLUS OBÉISSANT!!!

J'en ai eu le souffle coupé.

J'ai serré la main de Madame très longtemps.

— Merci, Madame! Merci, merci! C'est le prix le plus *honofirique* que j'aie jamais reçu!

Madame a ri.

Elle a dit que Bâtonnet avait été le poisson du jour.

Puis elle m'a fait un câlin.

Ça, c'est ce qui s'appelle une histoire qui finit bien!

Mot de Barbara Park

Il n'y a jamais eu de journée des animaux à mon école, mais en écrivant ce livre, j'ai essayé d'imaginer comment se serait déroulée une telle journée. Cela n'aurait pas été très agréable pour moi, je pense. J'avais une grosse chatte grognonne qui s'appelait Pudgy.

Prendre Pudgy dans ses bras était un acte de bravoure que seule la plus courageuse de ma famille (ma mère) osait accomplir. Les soirs où Pudgy décidait de dormir dans mon lit, je rampais prudemment sous les couvertures en priant pour qu'elle me laisse dormir là, moi aussi.

Pudgy agissait comme un vrai félin : elle était indépendante, fière et distante.

C'est à cause d'elle que j'ai un chien, aujourd'hui.